엄마 꽃을 아시나요

엄마 꽃을 아시나요

펴낸날   초판 1쇄 2024년 6월 10일

지은이   이주연
펴낸이   서용순
펴낸곳   이지출판

출판등록   1997년 9월 10일
등록번호   제300-2005-156호
주소   03131 서울시 종로구 율곡로6길 36 월드오피스텔 903호
전화   02-743-7661 팩스 02-743-7621
이메일   easy7661@naver.com
디자인   조성윤
인쇄   ICAN
물류   (주)비앤북스

값 13,000원

ISBN 979-11-5555-222-3 03810

이주연 시집

엄마 꽃을 아시나요

이지출판

이주연 시인이 두 번째 시집을 발간한다. 이번 감성시집은 시인의 일상이자 독자의 일상, 즉 시를 읽는 독자가 주인공이 되는 시로 구성되어 있다. 가족과 고향, 부모님과 친구들, 일상에서 만나는 사람들과 나눈 이야기와 시인의 가슴에 담긴 그리움을 시로 탄생시켰다.

시인이 시집을 발간하는 데는 용기도 필요하지만 철저한 준비가 있어야 한다. 자신의 일상을 시로 적어 시집을 내어놓을 때는 시에 대한 책임감도 뒤따르기 때문이다. 독자들은 시를 읽은 시간에 대한 보상을 '감동'으로 받길 원한다는 점을 감안할 때, 독자의 반응을 생각하지 않을 수 없다.

그런 면에서 이 시집은 감성시를 쓰거나 시집 발간을 희망하는 사람들에게 좋은 지침서가 될 수 있다. 시를 읽다 보면 '나도 시인이 되고 싶다', '감성시를 써야겠다' 이런 생각이 저절로 들 것이다.

　두 번째 시집을 발간하기까지 힘이 되어 주신 가족들과 특히, 시 속의 주인공이면서 훌륭한 시인을 딸로 두신 어머님께 감사드린다. 이주연 시인의 시집을 읽고 계속 사서 읽고 싶다는 사람이 여럿 있었던 것처럼, 이번 시집 역시 독자들의 관심과 큰 사랑이 기대된다. 그 사랑에 이주연 시인과 감성시로 인연을 맺은 저 또한 힘을 보탤 것을 약속드린다.

집필실이 있는 '이야기터 휴'에서
커피시인 윤보영

　이주연 시인은 일상의 소소한 순간을 감성적으로 표현하는 뛰어난 능력으로 우리 모두의 마음을 움직이고 있습니다. 그녀는 주부로서의 삶을 바탕으로 꾸준한 노력과 인내로 두 번째 시집을 선보이게 되었습니다. 그녀의 시는 우리의 공감을 자아내며, 감성적인 성향과 의리를 소중히 여기는 모습이 돋보입니다.

　이주연 시인의 '엄마의 말씀'에서는 마음을 따뜻하게 만들고, 삶의 소중함을 일깨워 줍니다. "나는 네 나이 못 따라가도/ 너는 내 나이 곧 따라온다!"라는 말은 세대 간의 이해와 존중을 상징하며, "얼굴 주름, 검버섯, 굽은 허리 흉보지 마라"는 인생의 보람과 성숙함을 의미합니다.

엄마의 따스한 조언은 우리에게 성숙함과 이해를 심어 줍니다. 그녀의 말씀을 통해 우리는 삶의 소중함을 깨닫고, 가족과의 소중한 연결을 되새기며 성장할 수 있습니다. 이주연 시인의 시집은 이러한 가치를 담아내며, 우리에게 위로와 용기를 전해 줍니다.

이주연 시인의 뛰어난 감성과 인내심을 축하하며, 앞으로도 그녀의 더 많은 작품을 기대해 봅니다. 두 번째 시집 발간을 진심으로 축하합니다.

이원주_ 성동신문 발행인

시인의 말

마음의 언어가 노래라면
생각의 언어는 '시'라고 합니다.

텃밭에 채소를 심다가
그리움을 넣고
가슴에 감성 씨앗을 심다가
행복과 사랑을 얻었습니다.

때론, 스쳐가는 순간순간을
마음의 창에 담아
꽃밭을 만들기도 했습니다.

단 한 분이라도

감성시를 읽고 위로가 되고 기쁨이 되고

따뜻한 휴식이 되기를 바라는 마음 간절합니다.

길잡이가 되어 불을 밝혀 주시는

윤보영 시인님, 감사합니다.

그리고 늘 응원해 주는 사랑하는 가족들, 고맙습니다.

2024년 5월

이주연

차례

1부 사랑하길 참 잘했다

2부 복날마다 벼는 나이를 먹는다

3부 때론 달팽이 걸음으로

4부 겨울 꽃 지는 날

5부 처서에 숲길을 걷다

1부

사랑하길 참 잘했다

마음의 꽃

5월의 여왕은
장미꽃이고

내 마음의 여왕은
장미꽃도 놀라
입이 벌어지게 할
당신입니다

내 안에
꽃으로 피어
늘 기분 좋게 만드는
당신 말입니다.

사랑이니까

깊은 강물에 던진 돌은
풍덩, 소리를 내고 내려갈 텐데

그리움에 그대 생각 넣으면
어떤 소리를 낼까?

풍덩!
소리는 같겠지만

어쩌면
그 돌!

그리움을 만들며
내려가지 않을까?

내 안의 그대

몸을 낮춰
고개를 숙여야
땅에 붙어 자라는
작은 꽃을 볼 수 있습니다

향까지 맡으려면
흙을 먼저 느끼고
겸손해져야 합니다

그러고 보니
꽃에 담긴 소박한 향기와
내 안에 담긴 그대는
닮은 듯합니다

이제 나도 그대를 향해
자세를 낮추겠습니다
낮춘 만큼
더 큰 사랑을 하겠습니다.

선물 같은 당신

때론 늠름한 나무
때론 예쁜 꽃

너무 멋진 당신!
내 안으로 옮겼습니다

시도 때도 없이 꺼내 보며
웃고 싶어서
옮길 수밖에 없었습니다

선물 같은 당신!
그래도 괜찮죠?

봄, 꽃이 되다

봄입니다
당신 생각이
꽃으로 피어난 봄

이 넓은 금수강산에
이보다 더 넓은
내 그리움 속에.

계절 없는 행복

클로버밭에서
찾던 행운이
마음에도 있었습니다
아니, 내 곁에 있었습니다

계절 없이
매일 볼 수 있는 당신
당신이 행운이었습니다

고맙습니다!
감사합니다!

이유 있는 초대

멋진 당신을 만나고
예쁜 나를 만나면
자리가 더 빛나겠지요?

그날의
주인공인 당신!
아니,
당신을 좋아하는
나!

어때요?
제가 초대하면
응해 주실 거죠?

당신이 기적입니다

간절한 기도는
음성이 들립니다

누구를 통해서든
응답을 들을 수 있는 기적!

그 기적은
옆과 앞, 그리고
뒤쪽에 있을 수도 있지만

나의 경우
아주 가까이에 있었습니다

할 수 있다는 자신감으로
늘 내 편 들어 주는 당신!
알고 보니 당신이
날 행복하게 만드는 기적이었습니다.

가슴에 뜬 별

오늘따라
가로등 불빛이
유난히 밝다

가로등 아래
연인들의 사랑처럼
내 안에서
그대 생각을 불러낸다

지난 기억이
별이 된다

가로등을 끄고
별을 모아모아
하늘에 붙이면

그대도 어디선가
내 사랑
그 별을 볼 수 있을까?

향기

같은 날
같은 땅에서 자라
맺은 꽃씨인데

먼저 나온 튼실한 꽃
잡초 속에 핀 꽃
이제 싹튼 꽃

앞서거니 뒤서거니
내 일상처럼
예쁜 색에 향기를 담는다.

장미꽃과 그대

장미꽃을 보면
그대를 보는 듯하다

예뻐서
너무 예뻐서
눈을 뗄 수가 없다

꽃을 보면서
나는 그대 생각에 웃고

보고 있는 꽃은
내 안에 그대를
닮고 싶다며 웃는데.

사랑은

봄처럼 싱그럽고
여름처럼 뜨겁고
가을처럼 풍성하고
겨울처럼 포근하고

이슬처럼 영롱하고
별처럼 빛나고
꽃처럼 아름답다!

이렇게 말하렵니다
당신을 사랑하는
내 마음을.

고백

오아시스 사막에서
샘물을 찾은 것처럼

그대를 만나면
메말랐던 일상에
단비가 내리겠지요

막막한 가슴이
당신으로 인해
옥토가 되겠지요.

고마운 사람

가슴에 담아
꼭 기억해야 할 사람
내 안에, 그 사람을
꽃으로 심었습니다

바라만 봐도
내 얼굴에 미소가 일고
내 가슴에 향기가 나는 사람
그 사람이 꽃으로 피었습니다

고맙습니다
많이 감사합니다
이렇게 마음 전하고 싶은 사람

그 사람이
당신이면 좋겠습니다
아니아니,
내 사랑 독차지하는
당신이 맞습니다
고맙습니다.

사랑하길 참 잘했다

그대는
이렇게 말했었지

평생 나만 바라보고
바다처럼 넓고 깊은
마음으로 살겠다고

고운 얼굴 더 곱게
웃음꽃 행복꽃을
매일 선물로 주겠다고

사랑해 고마워
속삭이던 그대
지금은 정으로 익어가고

그대와의 만남
한 점 후회 없다
사랑하길 참 잘했다!

비가 행복이라면

내리는 비가
행복이라면
내 안의 그대 불러내
함께 맞겠습니다

그대 행복이
내 행복!
행복은 많을수록
욕심 부려도 좋잖아요.

지지 않는 꽃

그대라는 꽃이
가슴에 피었습니다

하지만 이 꽃!
그대 생각할 때만
꺼낼 수 있고

내 안이나 내 밖이나
그대가 있어야 핍니다.

그대에게

눈으로만
예쁘게 보아 주세요

꺾지 말고
가시까지 사랑해 주세요

이런 그대에게
향기로운 사랑을 드리겠습니다

내 사랑, 당연히
그대가 받아야 합니다

그대가 좋아하는 내가
그대에게 드리는 선물이니까요.

한 방향

몸은 일을 하고
마음은 그대 생각하고

몸과 마음이 따로인 것 같지만
내 사랑은 오직 한 방향!

그 끝에 늘 당신이 있습니다
내가 더 사랑하는
선물 같은 당신 말입니다.

말씀의 지혜

엄마 말씀은
뼈가 씹히는 듯하지 뭐야

알고 보니 지혜란 거야

친할수록
간격을 두라고

가까울수록
격을 지키라고

썩은 동아줄 끊어지지
않을 정도로만 오가라고

지혜의 양날은
공의롭거든.

엄마 길

걸어 보셨나요?
보고 싶고
그리운 엄마 마음이
꽃으로 핀 길을

나는 엄마와 걷는
모든 길을
꽃길이라 생각할래요

사랑이 피운 꽃
보고 싶은 마음이 피운 꽃

엄마와 함께 걸을 때마다
행복을 얻는 길!

내 안에
그 길이 있습니다

늘 꽃이 핀
엄마 길이 있습니다.

꽃과 꽃이 만나면

고속도로는
남편이 좋아하고
오솔길은
내가 좋아합니다

남편은 차를 타고
고속도로를 더 많이 다니고
나는 그리움을 펼쳐놓고
오솔길을 더 자주 다닙니다

가다가 들꽃을 만나면
걸음을 멈추고
꽃을 보다가 가는 것은
우리 둘 다 같습니다

당신은 나에게 꽃
나는 당신에게 꽃

꽃과 꽃이 만났으니
우리는 천생연분!

그리움

쌓이는 낙엽이 사랑이라면
그대가 확인할 때까지
몇 년이 걸려도 쌓을 수 있습니다

산처럼 쌓인 낙엽 위에
사랑 꽃이 필 때까지
그대 그리움이라
이름 붙여 쌓겠습니다.

겨자씨 사랑

겨자씨 한 가마
세어 본 사람 있을까요?
어렵겠지요?

하지만 그대 사랑은
겨자씨보다 더 작아
백 가마가 넘는다 해도
금방 셀 수 있을 것 같아요

하룻밤 사이에
만리장성도 쌓았다
허물고 돌아오는 게
내 그리움인데.

2 부

복날마다 벼는 나이를 먹는다

라일락꽃 피면

아버지 당신께서
살아생전 심어놓은 라일락꽃은
봄만 되면 다시 피고

그 향기 가득하지만
당신 모습은 보이지 않아요

다행히 엄마 옆에
라일락 향기라도 남겨
당신이 그리울 때
선물 되게 하신 아버지
늘 그리운 아버지.

엄마 마음

엄마 하고
부르는 소리에
뒤돌아보니
길 가던 엄마들이
다 돌아보네요

모두
자식들이 불렀는지
알았나 봅니다

갑자기
목이 메입니다
엄마!

텃밭에서

잡초야
엄마 손톱 좀
길러 보자

잡초야
엄마 허리 좀 펴자
땅에 닿으려고 해.

어머니가 피운 꽃

앞마당 울타리 아래
호박과 강낭콩을 심었던
엄마 자리에

아픈 엄마 위해
잔디꽃을 심었어요

"어머니!
이제는 일 대신 꽃을 보면서 지내세요."

이 말에
눈시울이 붉어집니다

이제
꽃 심은 자리에
어머니 사랑이 자라겠지요!

사랑의 조미료

이 세상에서
제일 맛있는 조미료는
소금이라고
엄마가 말씀하셨지

그래서 그런지
엄마의 밥상은
세상에서 제일 맛있었지

그러다 알았지
소금보다 좋은 조미료는
사랑이란 걸

엄마의
그 조미료도
사랑이었다는 걸.

엄마 꽃을 아시나요

엄마는
우리에게 와서
꽃으로 피었습니다

엄마, 엄마
부를 때마다
가슴에 향기를 내는 꽃

슬프거나 기쁠 때
눈물 속에서도 피는 꽃

엄마의 마음속에도
우리 가족이
감사로 피워 드린 꽃
행복꽃이 가득합니다.

아낌없이 주는 나무

잎을 피워
꽃 주고
단풍 주고
열매 주는
나무 덕분에
사시사철 강산이 아름답다

아낌없이 주는 나무!
지나고 보니 엄마다

엄마처럼
엄마가 되고 보니
이 나무
내 엄마가 맞다.

봉숭아꽃

봉숭아꽃 심다가
우리가 웃으면
보고 있던 엄마 가슴에
꽃물로 사랑꽃 피어요

봉숭아꽃 피었다고
엄마가 웃으면
곁에 있는 우리 손톱에
꽃물로 행복꽃 피어요.

엄마는

태어나서
제일 먼저 배운 말
"엄마!"

깜짝 놀랄 때
저절로 나오는 말
"엄마!"

슬플 때나
견디기 힘들 때
불쑥 다가와 힘이 되어 주는
"엄마!"

기쁠 때
저절로 나오는 소리
"엄마!

복날마다 벼는 나이를 먹는다

초복이다
벼 줄기 한 마디가
아버지 목소리에 쑥 올라온다

중복이다
벼 줄기 한 마디가
아버지 목소리에 또다시 올라온다

말복이다
벼 줄기 끝에
아버지 그리움이 이삭으로 맺힌다

가을 논둑에서
아버지를 만난다
그리움이 파도를 친다.

마음의 창

유리창을 닦는데
마음까지 깨끗해집니다

창밖 나무들
잎도 꽃도 선명합니다

마음에 창문을 냈습니다
보고 싶은 사람
아버지, 당신이 보고 싶어서요

참 많이 그리운
아버지!

붉게 물든 봄

꽃과 벌의 순간을 놓던
짧은 봄이 붉게 물든다

봄은 떠난 꽃을
기억하지 않는다

여름에 묻어간 향기가 있어
외롭지 않기에.

엄마의 말씀

엄마는 이렇게 말씀하십니다
"나는 네 나이 못 따라가도
너는 내 나이 곧 따라온다!"고

엄마는 이렇게 말씀하십니다
"나 입안이 말라서
사탕 우물거린다고 흉보지 마라."
"너도 마른입에 사탕으로 우물거리며
침 만들 날 온다!"고

엄마는 이렇게 말씀하십니다
"얼굴 주름, 검버섯, 굽은 허리 흉보지 마라!"
"슬픔과 외로움을 곰삭이며
일개미로 산 평생
보람으로 보상받는 그날이 언젠간 온다!"고

엄마는 이렇게 말씀하십니다
"나도 꽃피는 시절이 있었을 텐데,
어느새 지팡이 짚고
가는 세월 따라 성급히 걸으면서
자식들에게는 천천히, 아주 천천히
따라오라 하고 있다.
너도 웃으면서 그런 날 온다!"고

지나고 나니
엄마 말씀이 맞다
엄마도 나처럼
당신의 어머니에게 들었을 그 말!

나도 지금 그 말 속에 산다
엄마를 그리워할
그 엄마가 되면서.

풀꽃

풀꽃이 예쁘다고
느낄 때쯤
철이 들었습니다

바쁜 일상이
그동안 엄마를
힘들게 만드는
잡풀로만 알았습니다

세월과 환경에 따라
변하는 일상!
엄마의 일상에는
우리를 보고
늘 행복을 느끼며 사는
즐거움이 담겨 있었습니다

그 잡초 속에
어머니가 계셨습니다.

삶의 무게

아버지의 노랫가락엔
술빛 노을이 젖어 있다

비틀걸음으로 오르는
생의 노정

육자배기 한 마당에
풀어 마시는 한잔 술

인생 유전이라 했던가
아버지를 적신 술빛 노을이
발등을 넘어 흐른다.

생일

그대 생일입니다
"축하합니다!"

손편지를 넣어
사랑으로 봉했습니다

선물 받고
기뻐할 당신!

그 생각에
내 일 년이 먼저 행복입니다.

맨드라미

맨드라미 꽃길을 가꾼 엄마
오가는 사람들이
탐스런 꽃을 보며
미소 지을 생각에
빙그레 웃으신다

곱게 핀 빨간 꽃
엄마다,
예쁜 엄마 모습 그대로다.

사랑을 저축하면

엄마 사랑을
저축하려니

꺼내도
꺼내도 이어지는 사랑

이러다
이러다
갑부 되겠네

갑부 되면 나누어 드릴
사랑도 무한대.

고구마 줄기처럼

빛을 쫓아
줄기가 뻗어간다
보라색 꽃이
줄기마다 만발했다

우리는 아직도
고구마 줄기처럼 엮여
어머니의 탯줄을 잡고 있다

땅속 고구마처럼
어머니 마음속에서 자라고 있다.

이런 사람

마음이 잘 맞고
생각이 같고
늘 따뜻하게 대해 주고

예쁘게 웃어 주며
말이 잘 통하는 사람
이런 사람이 있습니다

나의 한 조각인 엄마
아니,
미리 만난 나일 수도 있고.

밤 줍기

고향 집 뒤뜰에
알밤 주우러
엄마와 바구니를 들고 나갑니다

엄마가 줍고 지나간 자리에
알밤이 수북합니다
딸 바구니가 허전할까
남겨두고 지나가는 엄마!
어제 주운 알밤을
엄마 몰래 두고 왔는데

"엄마, 바람에 알밤 떨어지는 소리가 나요!"
바구니를 들고
밤나무로 향하는 엄마!

엄마보다 먼저 달려가
밤나무가 됩니다
있는 힘을 다해
밤나무 가지를 흔듭니다.

지금 고향은

뒷집 숙이는
서울로 이사를 했다
신작로라곤 미루나무, 뽕나무 사이로
리어카 한 대 지나던 길
모래 실은 트럭이 지나간 아득한 소실점 끝
그리운 숙이가 나풀거리며 걸어오는 듯하다

어느 날 아침 요란한
중장비 굉음이 뒤덮은 마을
하나둘 구식 집이 현대식으로 바뀌었다

뒷집에는 앵두나무, 복숭아나무
사철나무가 집터를 지키고,
낮잠을 핥아 대던 참새와 나비만 남았다

봄이다
앵두꽃, 복사꽃이 만발하고
숙이네 마당은 이름 모를 풀꽃이 이주를 했다
부엌, 사랑방, 헛간, 장독대 있던 자리
누에잠처럼 추억만이
잠들어 있다

파란 함석지붕 위로
살굿빛 동살이 살포시 올라앉는다
백오십 년쯤 된 우리 집도
언젠가는 밀랍처럼
내 가슴에만 남아 있겠지
내 가슴에만 남아 있겠지.

이어달리기 중

라일락꽃 진 자리에
철쭉꽃이 피었더니
장미꽃이 이어 피었습니다

장미꽃이 진다 해도
걱정 없습니다
그대 생각도 함께
이어달리기 중이니까요.

3부

때론 달팽이 걸음으로

맛있는 말

상대방이
딱딱한 말을 건네면
부드러운 마음으로 걸러 보세요

부드럽게 들리는 말에
내가 먼저 놀라고
부드러워진 태도에
말한 사람도 놀랄 테니까

참,
사랑은
톡 쏘는 맛도
매력인 거 아시죠?

복수초

영원한 사랑!
영원한 행복!

꽃말과 꽃은
너무 예쁜데
복수초라니

'복수'라는 이름을
붙인 이유가 뭘까?

혹시 나처럼
열심히 일한 자신에게
너무 많은 행복으로
복수?

꽃무릇

이루어질 수 없는 사랑
슬픈 꽃말을 가진 꽃무릇을
화단에 심었다

늘 만나
행복 속에 사는
우리 옆에 옮겨 심으면

우리 보고
위로받을까?

아니면
부러워하다가
더 아파할까?

왜일까?

벌레 먹은 과일이
더 맛있고

벌레 먹은 고구마가
더 달고

새가 쪼아 먹은 옥수수가
더 맛있다는 엄마!

엄마를 위한 말일까?
우리를 위한 말일까?

그냥 좋다

아침이면
오랜 친구들이
밤새 안부를 물어오니
참 좋다

만나지는 못해도
매일 소식 주고받는
행복 메시지

하지만
아무리 좋아도
당신이 보낸 메시지
그 한 번만 하겠는가.

함께라면

내가 가면 하나
네가 오면 둘

손을 잡으면 손가락이 열
잡은 손 포개면 스물

네 손 잡고
내 손 얹어
함께 포갠 손에서
박수소리 들린다
함성소리 들린다

지금부터 시작이다
함께라면
우리 사랑이라면.

철수 미용실

마장동에는
정이 철철 넘치는
철수 미용실이 있다

젊은이들보다
연륜 있는 이웃사촌이
모이는 곳!

30년 넘은
단골손님은 모두
이모나 고향 언니로 지낸다

파마와 염색을 하며
도란도란 이야기 나누다가
가정식 백반을 함께 먹다 보면
대가족이 따로 없다

삼박자 커피를 타는
주인 언니 얼굴에는
고향집 뜨락 자두꽃이 만발하고
언니 손으로 만진 머리에는
화사한 봄꽃이 핀다

입춘 지난 오늘
머리 손질한 내 모습에
봄 향기 가득 담고
자두꽃이 만발했다.

복도 많다

봄이
꽃봉오리를 열었다

활짝 핀 꽃봉오리에
벌이 날아들었다
윙윙윙!

벌과 꽃의
달콤한 조화를 보고
봄이 말한다

"내가 피운 꽃
그대 가슴에 핀 꽃
둘 다, 이리
많은 사랑을 받다니
복도 많다."

계절 맞이

눈 녹은 자리에
봄꽃이 피었습니다

아니,
눈을 뚫고
꽃이 피었습니다

봄을 놓고 간 겨울도
마음속은
그대 생각하는 나처럼
사랑이 담겼었나 봅니다.

옥수수와 손자

텃밭에
옥수수를 심었어요

한 뼘씩 자라던 옥수수가
손자 키만큼 컸어요

햇볕과 비바람이
옥수수를 익히듯
손자도 사랑으로 자라겠지요

옥수수와 손자!
둘 다 사랑으로
속이 꽉 차겠지요?

은행잎 떨어지면

사람들은
떨어진 은행잎을 밟으며
옛 추억을 꺼내지만

엄마는
텃밭에 뿌릴
천연비료 만들 생각에
차곡차곡 모아 둡니다

유기농 채소에
더 좋은 보약 없다고
자식들 생각 먼저 하시는 엄마
당신은 우리의 보약입니다.

오직 그대

그대 생각하는 것은
나의 일상입니다

꽃을 볼 때
여행을 할 때
음식을 먹을 때

오직 그대!
그대 생각뿐입니다

지금 이 마음
누군가 좋아해 보면
다 이해될 걸요!

왕벚꽃

환하게 마을을 밝힌
수많은 꽃등

눈에 담고
가슴에 담아 본다
가는 꽃보다
아직 오지 않은 꽃을 기다리며

난 아직 꽃잎을 접고 있다.

평생 카드

신용카드 쓸 때마다
웃음이 적립된다면
평생 웃고 살 텐데

아니아니,
신용카드 쓸 때마다
그대가,
나를 좋아하는 마음이 생긴다면
대출받아서라도 쓸 텐데.

사탕발림

사탕에는
달콤한 맛만 있는 것은
아닙니다

짜고 시고 맵고 상큼한
과일 맛을 내는 사탕
기분에 따라 골라 먹는 맛

그중에 제일은
그대가 좋아한 맛!

참, 있잖아요
친구 아닌 친구가 좋아하는
사탕발림은 탈나는 거 알죠?

단풍잎처럼

마음이 물들어 가는 것은
내 안에 아름다운
당신이 있기 때문입니다

당신 생각 앞세워
가을 숲길을 걸으면서
커피 한잔 마셔야겠습니다.

손자 그림

좋아하는 색이 뭐야?
검정색과 파란색!

그럼 좋아하는 색으로
뭘 그릴까?
별!

엄마별 아빠별
할아버지별 할머니별 삼촌별

반짝반짝
밤하늘이 너무 예뻐요.

돌탑의 소원

산길을 오르다 보면
정성스레 쌓아올린
돌탑들이 있어요

앞사람이 올린 돌 위에
뒷사람이 올린 돌
소원을 담고 탑이 되었네요

돌마다 담긴 소원은
하늘에 올라
모두 이루어지기를 소망합니다

나의 소원도 돌탑에 앉고
귓속말로 속삭입니다

"내 소원 이루게 해 줄 거지?"

사과가 좋은 이유

오늘 사과가
더 좋은 이유
사과로 사과할 수 있어서

참,
웃는 내 얼굴이 사과인데
받아줄 거지?

때론 달팽이 걸음으로

시간을 천천히 즐겨 보세요
바쁜 일상이라고
조급해하지 말고
느린 걸음으로 걸어보는 시간!

다가오는 꽃향기로
우리 마음이
따뜻해질 수 있어요

달팽이처럼
천천히 움직여도
조금 늦어질 뿐
방향은 같으니까요

그 끝에
느리게 다가가도
웃는 그대가 있을 테니까요.

소중한 약속

전철은 놓치면
다음 차 타면 되고
산을 오르다 힘들면
다음에 오르면 된다

또 가끔
약속 시간 늦으면
전화로 양해를 구하면 되지만

돌아올 수 없는
하나뿐인 생명은
다시가 없고 다음도 없지

그러니
당신도 건강 나도 건강
우리 서로 약속한 건강!

독도 사랑

998개 독도 계단에
마음속 계단 두 개를 꺼내 놓았더니
천 개가 되었습니다

내 안의 그대와
태극기를 들고
천 개의 계단을 오릅니다

독도 사랑에는
남녀노소가 따로 없고
나이도 상관없습니다

오직
사랑만 있으면 됩니다.

생각

별을 보고 있으면
그리운 사람
웃는 얼굴이 떠오른다

지금 그대도 나처럼
별을 바라보고
날 생각하고 있을까?

아니, 생각 안 해도 돼
꿈속에서 하늘 그려놓고
그대 불러낼 테니까.

한글

한글 단어를 익혔더니
예쁜 말들이
연줄 풀리듯 나온다

이러다
전 세계 사람들
연줄 잡고 따라 나올 기세다.

4부

❋

겨울 꽃 지는 날

그대는

꽃보다 아름답고
그늘보다 시원하고
샘물보다 맑고

단풍보다 예쁘고
눈 내린 정원보다 멋진
내 사랑은
내 사랑은
그대입니다

내 앞에도 그대!
내 안에도 그대!

출렁다리

아무리 흔들어 봐라
힘만 들지
내 사랑이 흔들리나!

파도

몇 억겁 파도는
바위를 뚫으며
물거품과 고독 속을 유영했다

해일의 무서움도
작은 파도의 울렁임도
잔잔한 물방울의 간지러움도

밤하늘의 잔별들 좌표처럼
길을 지켜 주었다

구멍 숭숭 난 바위라도
곁에 있어 외롭지 않았다.

초파일 꽃등

소원 담은 꽃등이
가득 피었어요
간절한 소망
하늘에 전합니다
소원 꼭 들어주세요

늘 그리운 그대
그대 만나게 해 달라고
가슴에 꽃등을 달고
시도 때도 없이 기도합니다

이만큼
당신이 보고 싶다는 뜻입니다.

글 읽는 재미

계단을 오릅니다
힘든 줄도 모르고
글 읽는 재미로

계단을 내려옵니다
더운 줄도 모르고
글 읽는 재미로

이 계단
내 안에 있다면!
사랑해, 보고 싶어,
즐거워, 힘이 나…
이 말들
끝없이 이어질 텐데.

반려견 예티

사랑한다 너
예쁘다 너
멋있다 너
즐겁다 너
행복하다 너

우리 집 반려견 예티에게
들려주고 싶은 말

"가족이다 너!"

행복한 이유

감사한 마음
표현할 방법이 없어
마음속에
네 잎 클로버를 담았습니다

그대 생각날 때마다
행운에 행복까지 드리려고요

네 잎 클로버를 담고 나니
시도 때도 없이
그대 생각이 나는 거 있죠

그때부터
입가에 미소가 일고
저절로 행복할 수밖에 없었어요.

걱정하지 마

조금 힘들다고
걱정부터 하지 마!

우리에겐
내일과 모레
글피도 있잖아

힘든 날이 지나면
분명 더 좋은 날이
온다고 했어

그러니 미리
걱정하지 마
걱정,
걱정하다가
걱정에 체하면

글쎄!
우리 모두
손해 아닐까?

달 달 달

보름달이
호수에도 떴습니다

호수에 뜬
달을 보며
그대 생각을 꺼냅니다

생각이 모여
호수에 뜬 달에
그대 얼굴을 그립니다

오늘은
달이 세 개!

하늘에 하나
호수에 하나
내 안에 하나!

자신감

나에게
최고의 맞춤옷은
자신감으로 입은 옷!

지금도
나만의 색으로 옷을 만들고
걷는 연습을 한다

내가 나에게
이렇게 자신감이 넘치는데
왜 그대 앞에만 서면
자신감이 없을까?

좋아하는 마음 말고
또 무엇이 있을까?

시니어 모델

아기 때
엄마에게 걸음마 배우듯
나이 들어 다시 배우는 걸음마!
엄마 대신
선생님에게 걸음마를 배운다

벽에 몸을 곧게 세웠다가
굳어 버린 몸 풀기
시키는 대로 따라하기!

한 걸음 두 걸음 세 걸음
칭찬보다 아직은
지적이 더 많다

예쁜 옷 입고
뽐내며 걸을 생각에
지금 힘듦을 지운다

발길 닿는 곳마다
워킹 할 수 있어
무대가 따로 없어도 된다

길에서 만난 사람들
모두 관객이라 생각하니
오늘도 모델이 된다

걸으면서 가끔은
예쁜 모습 보여 주고 싶어
그대 생각 속에서 워킹 하는
행복한 실수를 한다
실수가 더 큰 행복을 만든다.

포기는 이럴 때 필요한 거지

살다 보니
뜻하지 않는 일로
힘든 날이 있습니다

그럴 때는
포기하고 싶은 마음이
굴뚝 같잖아요

그러면 엄마를 찾아갑니다

오늘도 그렇습니다
먼 산을 바라보다가
마당의 예쁜 꽃을 봐도
위로가 되지 않습니다

텃밭에 쪼그리고 앉아
부지런히 자라나는
배추를 들여다보는데

"야! 포기는
배추 셀 때나 필요한 거지!"

엄마 소리에
벌떡 일어나
다시 힘을 냅니다

배추 앞에서
풀 죽은 배추가
다시 힘을 얻습니다.

심심풀이

여인들이 모였다
웃고 떠들고
참 재미있나 보다

한 사람이 전화기 들고
화장실로 가고
그사이 흉 아닌 흉으로
심심풀이 땅콩이 만들어지고

"쟤는 자식 자랑 학력 자랑
돈 자랑, 그러면서 언제나
입만 들고 다니잖니?"

자리 비운 그 사람
귀가 간지럽겠다
그 이야기 듣는 우리는
심심풀이 오징어 땅콩!

겨울 꽃 지는 날

창밖에 눈이
벚꽃처럼 날린다

창문에 입김 불고
봄을 부른다
아름다운 눈꽃이 핀다

꽃 위에
안녕이라 적었다

안녕!
헤어짐이 아니라
안녕?
만나서 반가운.

지워지지 않는 선물

곱게 포장한
선물을 열었습니다

그대가 있어 행복합니다
내 사랑
내 사랑
내 사랑

빼꼭히 적힌 손글씨!
지금도 힘들 때면
기억 속 그 포장을 엽니다

웃으며 적고 있는
그대를 만나
행복을 선물로 받습니다.

개불알꽃

마음놓고 부르기가
쑥스러운 개불알꽃!
우리 집 예티처럼 예쁘다

예티야!
이 꽃 이름

'복주머니꽃'이라 부르는 게
더 좋겠지?

생각커피

블랙커피를 좋아하는
그대는, 커피의
진정한 맛을 즐기는 것이고

삼박자 커피를 좋아하는
나는, 달콤한 커피 맛을
즐기는 것이고

피곤할 때
라떼를 마시는 것은
부족한 힘을 충전하기 위함이요

하지만, 이 모든 것
커피에 그대 생각이 담겼다면
믿을 수 있을까요?

강아지풀

콧바람에도
살랑대는 강아지풀

귀여워
너무 귀여워
걸음을 멈추고 바라봅니다

아!
맞아요
그대 귀여운 얼굴입니다

바람이 불어옵니다
그대와의 추억이
내 안에 간지럽게 담깁니다.

푹 빠졌다

그대 웃는 모습
너무 예뻐 반했다

눈에 넣고
귀에 넣고
가슴에 넣었는데

하하 호호 까르르
그 모습
자꾸 생각나
지금도 푹 빠져 있다.

한정판 세대

인정 많고
이해심 많은
한정판 세대

사랑까지 가득한
베이비 붐 세대!

지금까지 몰랐을 뿐
이만큼 살다 보니
모두가 자라는 과정

가슴에
서로가 서로를 담고
진한 사랑을 키우는 중.

콩깍지

나 예뻐?
당연하지

어디가 예뻐?
모두 다!

정말
정말이고말고!

묻고 대답하는
연인들 때문에
내가 또 한 번 웃었다.

가을입니다

가을입니다
내 안에 담긴
그대 생각이 더 많아지고
그리움은 점점 더 깊어집니다

이게 사랑입니다
내가 그대를 생각하다
선물로 받은 사랑입니다.

눈 오는 날

눈 내리는 들판에 누워
하늘을 보면

함박눈이 목화솜 날리듯
그리움을 덧칠한다

눈 내리는 하늘은
나처럼 그리움 담고 사는
사람을 찾기 위해
두리번거리고

그대 그리운 나는
눈 내리는 하늘처럼
보고 싶은 마음 불러내 줄
분위기를 찾기 위해
두리번거리고.

미리 봄

한겨울이다
눈까지 왔는데
포근한 날씨가 이어진다

이러다
봄꽃이 피면 어쩌나?

내 안은 늘 봄!
개나리, 진달래, 벚꽃, 매화꽃
그대라는 꽃까지 활짝 피었는데

혹시 겨울이
늘 봄인 날
흉내 냈다고 하면
어떻게 하지?

5부

처서에 숲길을 걷다

변함없는 맘

여름에는 눈
겨울에는 더위
계절이 거꾸로 간다 해도
그대 사랑하는 마음은
늘 변함없지

슬그머니
웃음 한 소쿠리
그리움 속에 내려놓는다.

소금과 설탕처럼

이렇게
소금과 설탕처럼 살아야지

누군가 쓴 말을 하면
설탕으로 간을 하고

싱거운 말을 하면
소금으로 간을 하고

그런데 왜
사랑은 소금도 아닌데
깊은 맛을 낼까?
설탕도 아닌데 달콤하고.

웃음이 보약

웃음이 보약이란 걸
모르는 사람이 있을까요?

그대 만나는 날
내 발걸음도 웃음이었고

고향 가는 날 엄마 생각도
웃음이었지요

웃으면 복이 오고
웃으면 건강해진다니

자주 웃고 예뻐져요
우리!

처서에 숲길을 걷다

모기 입이 비뚤어진다는 처서
오솔길 걸으며
풀벌레 소리를 듣고 있어요

풀꽃에 싱그러운 말
아가를 보듯 귀여운 말
꽃을 보듯 예쁜 말
그대가 들려주는 사랑한다는 말
풀벌레 소리에 모두 담겼어요

이 말 중에
그대 목소리가
제일 뚜렷하게 들립니다.

공통점

사람들은 걸어서 여행하고
새들은 날면서 여행하고

사람들은 도시를 좋아하고
새들은 숲을 좋아하고

하지만 공통점은
태어난 곳을 좋아하고
부모를 좋아하고.

나를 돌아보니

사랑 온도는
오를수록 좋아
사랑, 사랑!

행복지수도
오를수록 좋아
행복, 행복!

웃음소리도
메아리치면 좋아
하하, 호호!

우연히
나를 돌아보니
바쁜 일상 속에서
사랑, 행복, 웃음이
주인공인 나를
따라오고 있었다.

사랑해요 마이진

트로트에 빠졌어요
마이진 가수에게
풍덩 빠졌어요

시원한 목소리
맛깔나는 노래에
속이 뻥 뚫립니다

무명가수에서
유명가수가 되었으니
얼마나 큰 행복인가요

비탈길 지나
오솔길 지나
신작로 지나
뻥 뚫린 고속도로를
날고 있으니 말입니다

지금, 마이진의 노래
듣고 있는 나도
고속도로를 달리는 기분입니다
고생 많으셨습니다.

나비의 말

꽃잎 위에 나비!

얼마나 비워 냈으면
저리 가벼울까?

나도
모두 내려놓으면
나비가 될까?

'사랑과 행복은
많을수록 가벼운데
사람들은 그걸 모르니!'
나비가 혼잣말을 하고 날아간다

그 말에
나도 나비가 된다.

말맛 내기

누군가
기분 상하는 말을 건네면
유머를 곁들여
말해 보세요

혹시
떨떠름해하면
칭찬으로
상큼한 맛을 더해 보세요

칭찬은
고래도 춤추게 한다는데

아무리 강한 사람도
설마,
웃지 않을 수 있겠어요?

종이배

종이배 두 개를 접어
강물에 띄웁니다

하나는,
그동안 얻은
시름과 상처를 실어 보내고

또 하나는,
그동안 받은 사랑
친절, 감사, 행복, 나눔을 실어 보냅니다

강물 따라 내려가던 배
먼저 떠난 배는 사라지고
그 자리에 사랑, 행복, 친절,
감사를 실은 배가 서 있습니다

이제 이 배!
그대 가슴에 닿았으면 좋겠습니다
그곳에서
그대가 웃으면서 기다렸으면 더 좋겠습니다.

만병통치약

쓴 나물이 약이다
쓴소리도 약이다

하지만
달콤해도
나에게
그대 웃는 표정은
만병통치약!

어때

머리가 흰색이면 어때
얼굴이 둥글면 어때
배가 좀 나오면 어때

건강하면 되고
즐거우면 되지

이것저것
좀 부족하다 느껴지면
그대 생각으로 채우면 되지.

보고픈 마음

비가 내리면 필요한 우산
보고 싶은 마음에는
우산이 필요 없습니다

그리움 속에서
그대를 기다리는 나를 만납니다

기다리는 내내
참 행복해하는
나 말입니다.

기도

제가 아는
모든 사람을 위해 기도합니다

아름다운 이 가을에
예쁜 마음으로
부드러운 사랑을 하게 하소서

그 사람이
저이게 하소서
제 안에 당신이게 하소서.

고향에서 만나는 길

숲길, 오솔길, 꼬부랑길
신작로길, 자전거길, 호수길

고향에서 만나는 길마다
엄마 품속!

만나는 길마다
예쁜 말을 붙였더니
어딜 가도 행복!

시계

시계를 보는데
이 생각이 났어

그대 사랑하는 맘
고장 나면 어쩌지?

그래그래,
고장 나면
내 그리움에
꽂아 두지 뭐!

솟대 새

솟대 새는
한 방향으로만
그대 오는 모습 볼 수 있고

하늘을 나는 새는
넓고 멀리
그대 오는 모습 볼 수 있지만

나는
솟대 새가 되었다
변함없이 오직 한 곳
그대 있는 곳을 보고 있는.

일상 탈출

일상을 탈출한 날

산에 오르면 구름이 되었다가
시냇가 물고기가 되었다가

바다에 가면
해변의 모래가 되고

오솔길에 풀벌레와 어울려
합창도 한다

일상에서 탈출한 날은
내가 나를 볼 수 있는
그 무엇이 된다.

살아 보니

살아 보니
네것 내것이
필요하더이다

살아 보니
선하고 정직한 마음
돈보다 값지더이다

삶을 내려놓을 때
빈손인 것을

그저 베푼 마음에 남긴
발자취만 있을 뿐
아무것도 없더이다.

향기는 같다

같은 날
같은 땅에서 자라
맺은 꽃씨인데

먼저 나온 튼실한 꽃
잡초 속에 핀 꽃
이제 싹튼 꽃

앞서거니 뒤서거니
내 일상처럼
예쁜 색에 향기를 담는다.

비빔밥처럼

바쁜 일상을
비빔밥처럼 비비고 있습니다

만남, 반가움, 웃음
친구, 전철, 마트…
오늘을 함께 넣으니
새로운 맛이 납니다

저녁은 잡곡밥에
여섯 가지 나물 넣고
비빔밥 만들어
맛있게 먹어야겠습니다

당연히 마지막엔
그대 생각을 넣어야겠지요.

엄마 꽃을 아시나요